Il mondo della mia immaginazione

Translated to Italian from the English version of
The World of my Imagination

Palak Chauhan

Ukiyoto Publishing

All global publishing rights are held by

Ukiyoto Publishing

Published in 2025

Content Copyright © Palak Chauhan

ISBN 9789370099951

All rights reserved.

No part of this publication may be reproduced, transmitted, or stored in a retrieval system, in any form by any means, electronic, mechanical, photocopying, recording or otherwise, without the prior permission of the publisher.

The moral rights of the author have been asserted.

This is a work of fiction. Names, characters, businesses, places, events, locales, and incidents are either the products of the author's imagination or used in a fictitious manner. Any resemblance to actual persons, living or dead, or actual events is purely coincidental.

This book is sold subject to the condition that it shall not by way of trade or otherwise, be lent, resold, hired out or otherwise circulated, without the publisher's prior consent, in any form of binding or cover other than that in which it is published.

www.ukiyoto.com

Il mondo della mia immaginazione.

"L'immaginazione è il ponte tra ciò che è e ciò che potrebbe essere,
dove i sogni mettono radici e l'impossibile diventa possibile".

Introduzione del libro -

Il mondo della mia immaginazione è un viaggio attraverso gli sconfinati paesaggi della creatività, dove la mente vaga liberamente, esplorando infinite possibilità e scoprendo l'infinito potere del pensiero. In questo mondo, tutto è possibile e ogni idea ha il potenziale per diventare qualcosa di straordinario.

Questa storia segue un bambino la cui immaginazione lo conduce in regni magici: una valle di sogni dimenticati, una città di luoghi impossibili e un giardino dove le idee mettono radici e fioriscono. Lungo la strada, incontrano strane creature, rivisitano ricordi perduti e scoprono la profonda verità che la creatività non è solo un volo di fantasia, ma una forza potente che modella chi siamo e chi possiamo diventare.

Attraverso questa avventura, il bambino impara che l'immaginazione non è solo una fuga ma un luogo di infinite opportunità, dove le domande portano alla saggezza e ogni sogno ha il potenziale per prendere forma e cambiare il mondo. *Il mondo della mia immaginazione* è una celebrazione delle meraviglie che vivono dentro di noi, in attesa di essere scoperte, nutrite e portate alla vita.

In che modo questo libro è utile per i bambini?

Incoraggiare la creatività e l'immaginazione: Il libro invita i bambini a esplorare il potenziale illimitato della loro immaginazione. Seguendo il protagonista in un'avventura attraverso regni fantastici, i bambini sono incoraggiati a pensare oltre i confini della realtà, alimentando la loro creatività e capacità di risolvere i problemi.

Creare fiducia in se stessi: Mentre il bambino della storia affronta varie sfide, incontra personaggi unici e scopre nuove idee, ai bambini viene ricordato che anche loro hanno il potere di plasmare il proprio mondo. Questo può ispirare fiducia in se stessi e credere nella propria capacità di sognare in grande e di realizzare grandi cose.

Promuovere l'intelligenza emotiva: Attraverso le esperienze e le riflessioni del protagonista, i bambini imparano l'importanza dell'introspezione, della comprensione delle emozioni e del dare un senso ai propri sentimenti. I temi del coraggio, della scoperta di sé e della perseveranza sono al centro della storia, aiutando i bambini a costruire la propria resilienza emotiva.

Promuovere una mentalità di crescita: Mostrando che ogni idea, grande o piccola che sia, merita di essere coltivata, la storia rafforza il concetto di crescita. I bambini sono incoraggiati a dare valore ai loro pensieri e a considerare le sfide e gli errori come parte del processo di crescita e apprendimento.

Espansione del vocabolario e delle competenze linguistiche: Il linguaggio ricco e descrittivo del libro introduce i bambini a nuove parole.

Contents

Capitolo 1 - Una tela vuota.	1
Capitolo 2 - Il giardino immaginario.	3
Capitolo 3 - L'incontro con le creature.	5
Capitolo 4 - La prima avventura.	10
Capitolo 5 - Un sogno oltre il giardino.	13
Capitolo 6 - Un mondo ripensato.	16
Capitolo 7 - Le luci della città galleggiante.	18
Capitolo 8 - Il labirinto della riflessione	21
Capitolo 9 - Il Consiglio dei Dreamweaver.	24
Capitolo 10 - Il filo della creazione	27
Capitolo 11 - La valle dei sogni dimenticati.	29
Capitolo 12 - La città dei luoghi impossibili.	31
Capitolo 13 - Il fiume delle domande infinite.	34
Capitolo 14 - Il giardino delle idee in crescita.	37
Capitolo 15 - Un eroe viene accolto.	39
Capitolo 16 - Un addio.	41
Informazioni sull'autore	42

Capitolo 1 - Una tela vuota.

Una volta viveva un bambino di cinque anni di nome Max. Era diverso dagli altri bambini. Amava immaginare cose diverse. I suoi genitori non erano contenti del fatto che fosse solito stare da solo e non parlasse mai con nessuno.

Tutti lo prendevano in giro, ma dentro di sé sapeva che la sua immaginazione aveva un potere che poteva cambiare il mondo. Mentre sedeva accanto alla finestra, fissando il mondo ordinario fuori, la sua stanza era disseminata di disegni di cose che riusciva a immaginare come: fate, draghi, uccelli con le ali arcobaleno e le stelle canterine.

Quella sera, tutto cambiò, mentre scarabocchiava nella sua accogliente stanza, un piccolo uccello con ali piumate, che svolazzava e ammiccava verso di lui e si chiedeva: "L'ho appena creato io?", sottovoce l'uccello si posò sulla sua mano e inclinò la testa.

"Tutti noi abbiamo il potere di immaginare e da questo potere derivano infinite possibilità di creare mondi diversi".

Birdy parlò a nim e disse: "Non sei consapevole di ciò che sei capace di fare?" ne sorrise e rispose: "Sì, lo so, ma nessuno crede in me". La loro conversazione continuò e l'uccello disse: "Tornerò l'indomani mattina, tenetevi pronti".

Max non riusciva a dormire, era eccitato dalle parole dell'uccello che gli risuonavano nelle orecchie e la mattina dopo non era una mattina normale, ma speciale, quando si trovò circondato da creature mistiche e pensò a dove era atterrato.

Capitolo 2 - Il giardino immaginario.

Poi si rese conto che era lo stesso giardino che aveva disegnato al concorso scolastico e che aveva vinto il premio per il miglior disegno. Era un giardino con viti tortuose, girasoli giganti e alberi che toccavano le nuvole. Aveva aggiunto dei fiori che cambiavano colore a seconda di come ci si sentiva quando li si teneva in mano e uno stagno dove i pesci nuotavano nello stagno magico e potevano cambiare forma a seconda delle loro esigenze.

Un grande fiore si chinò verso nim e disse: "Buongiorno creatore". Max ridacchiò, rendendosi conto che poteva parlare con il proprio frammento di immaginazione e che il giardino era diventato il suo luogo preferito, dove poteva fuggire dal mondo.

Ma il giardino non era solo un rifugio tranquillo. Max nad ha aggiunto elementi che lo rendono un'avventura. Nell'angolo più lontano, alla base dell'albero gigante è stata scavata una porta nascosta che conduce a un labirinto sotterraneo pieno di funghi luminosi e piante bioluminescenti.

Si avvicinò per ispezionarla, la porta si aprì leggermente scricchiolando come se lo invitasse a esplorarla. Dietro la porta, poté vedere un debole bagliore provenire dalle profondità del labirinto e la curiosità in lui si risvegliò.

Camminò ancora, scoprendo altre sorprese a ogni angolo. C'era una parte del giardino in cui gli alberi sussurravano segreti, se li si ascoltava attentamente. I loro rami ondeggiavano nella brezza, mormorando morbide parole di saggezza. Alcuni sussurravano vecchie storie, altri raccontavano barzellette che facevano ridere Max a crepapelle.

Stava per esplorare meglio, quando sentì qualcosa che gli batteva sulla spalla. Si voltò e si trovò faccia a faccia con una creatura piccola e maliziosa, un **folletto** non più grande della sua mano, con ali di libellula e occhi verdi luminosi. Il folletto sogghignò e si mise a zigzagare intorno alla testa di Max, lasciando dietro di sé una scia di polvere scintillante.

"Benvenuto nel tuo giardino!" disse il folletto, con voce leggera e giocosa. "Cosa creerai adesso?"

Max sorrise, la sua mente ronzava di infinite possibilità. Si rese conto che il giardino era più di una semplice creazione: era vivo, si adattava a ogni suo pensiero, emozione e capriccio. Qui poteva creare e cambiare tutto ciò che voleva. Il giardino era il suo parco giochi, uno spazio dove i limiti della realtà non esistevano, e lui era il padrone della sua progettazione.

Capitolo 3 - L'incontro con le creature.

Max aveva trascorso ore a passeggiare nel suo giardino magico, meravigliandosi degli alberi parlanti, delle nuvole fluttuanti e dello stagno scintillante. Ma mancava ancora qualcosa.

A cosa serviva questo incredibile mondo senza qualcuno con cui condividerlo? Max si sedette sotto l'albero gigante, con il suo blocco da disegno in mano, e iniziò a disegnare. Questa volta, si concentrò su qualcosa di vivace, con personalità: una creatura in grado di pensare, parlare e ridere.

All'inizio aveva le orecchie lunghe, il naso chiuso e la coda soffice: era un coniglio, ma non un coniglio qualunque. Questo aveva una scintilla di malizia negli occhi e zampe costruite per la velocità.

Max sorrise mentre aggiungeva gli ultimi ritocchi: una sciarpa avvolta intorno al collo e un luccichio di curiosità nello sguardo. Quando ebbe finito, alzò lo sguardo dal suo blocco da disegno, aspettandosi che il coniglio apparisse.

E così è stato.

Con un leggero schiocco, il coniglio saltò fuori dall'album da disegno, atterrando con grazia sull'erba di fronte a Max. Lo guardò sbattendo le palpebre, annusò l'aria e poi fece un'allegra giravolta.

"Mi chiamo Zippy!" disse il coniglio, parlando così

velocemente che Max quasi non se ne accorse. "E penso di essere la tua migliore creazione finora!".

Max rise sorpreso, guardando Zippy che saltellava in giro, con la sua sconfinata energia contagiosa. Zippy non camminava, ma sfrecciava da un posto all'altro, sfrecciando nel giardino come un fulmine, ispezionando ogni angolo.

Si fermava solo per un secondo prima di riprendere a correre, controllando i fiori luminosi, sgranocchiando le foglie di un cespuglio canterino e sfrecciando sul tronco dell'albero gigante con una velocità incredibile.

"Wnoa, rallenta!" Max ha chiamato, riuscendo a malapena a tenere il conto di nis

nuovo amico.

Zippy si fermò per una frazione di secondo, mettendosi a sedere sulle zampe posteriori, prima di rispondere: "Non si può! Troppo per vedere, troppo per fare!".

Max si rese subito conto che Zippy non era solo veloce dal punto di vista fisico: anche la sua mente era sempre piena di idee.

Era curioso di tutto, faceva sempre domande ed escogitava piani avventurosi. "Saliamo in cima a quella nuvola!". suggerì Zippy, indicando una delle nuvole fluttuanti. Prima che Max potesse rispondere, Zippy era già rimbalzato a metà strada.

Sentendo l'eccitazione crescere, Max prese di nuovo il suo blocco da disegno e iniziò a disegnare altri abitanti per il suo giardino. La sua prossima creazione fu un **colibrì**, ma non uno normale. Questo colibrì aveva ali che brillavano come gioielli alla luce del sole e il suo corpo brillava di luce iridescente. Max abbozzò più velocemente, dando all'uccello piume lunghissime e la capacità di cantare melodie che sembravano piccoli carillon.

Nel momento in cui finì, il colibrì uscì dalla pagina, sfrecciando per il giardino in un'esplosione di colori radiosi. Si librò davanti a Max, con le ali che ronzavano come un soffice ronzio, prima di posarsi sulla sua spalla. Il canto dell'uccello era dolce e magico, riempiva l'aria con una delicata melodia che si armonizzava con il ronzio del giardino.

"Si chiama **Lumi**", decise Max. "Sne è il segno del giardino".

Zippy guardò il colibrì che svolazzava per il giardino, con gli occhi spalancati. "Ehi! Scommetto che potrei battere Ner in una gara!" disse Ne, saltando in aria. Lumi ha risposto con un cinguettio e, con un'esplosione di velocità, i due sono partiti, sfrecciando intorno agli alberi, ai fiori e allo stagno luminoso in un'esplosione di colori e movimenti.

Ma Max non aveva ancora finito. Sentiva che la sua immaginazione si scatenava, che le idee uscivano più velocemente di quanto riuscisse a disegnare. Cos'altro potrebbe creare? Con un sorriso, abbozzò un'altra creatura, questa volta un po' più grande: un piccolo **drago**, delle dimensioni di un cane, con scaglie verde smeraldo che scintillavano come gemme. Gli diede occhi giocosi e ali che scintillavano come cristallo. Max immaginava che il drago fosse amichevole, non feroce, con un amore per la caccia al tesoro e gli oggetti luccicanti.

Non appena Max aggiunse l'ultimo dettaglio - un piccolo campanello d'oro attorno al collo del drago - la creatura si materializzò davanti a lui con uno sbuffo di fumo. Il drago sbatté le palpebre verso Max, poi emise un piccolo ruggito, più simile a uno sbadiglio stridulo che a qualcosa di temibile.

"Ti presento **Drake**", disse Max, allungando una mano per accarezzare la testa squamosa del drago. Drake fece le fusa, le sue scaglie calde vibrarono dolcemente sotto la mano di Max. Allungò le ali e svolazzò un po', con la coda che si arricciò giocosamente intorno alla gamba di Max.

Drake era più lento e riflessivo di Zippy, e preferiva vagare lentamente per il giardino, con gli occhi che gli brillavano quando individuava ciottoli lucenti o foglie scintillanti.

Ogni volta che trovava qualcosa di scintillante, lo aggiungeva con cura alla sua crescente collezione, riponendo i tesori sotto l'albero gigante per custodirli.

Nel corso della giornata, Max e i suoi nuovi amici hanno esplorato ogni angolo del giardino. Zippy correva nel labirinto di funghi luminosi, Lumi si librava sopra lo stagno galleggiante e Drake si arrampicava sui rami più alti degli alberi, sempre alla ricerca di qualcosa di nuovo da aggiungere alla sua collezione.

Max si rese conto che ognuna delle sue creature aveva la propria personalità, i propri desideri e il proprio modo di vedere il mondo.

Zippy era pieno di energia e sempre alla ricerca della prossima avventura, Lumi era pacifica e musicale e Drake era curioso ma attento, prendendosi sempre il tempo necessario per apprezzare la bellezza che lo circondava.

Ma per quanto Max amasse i suoi nuovi amici, cominciò a chiedersi: poteva creare ancora di più? La sua immaginazione potrebbe dare vita a creature al di là del giardino? E se avesse creato qualcosa di più grande, con uno scopo ancora più grande?

La sua mente correva con le possibilità. Ma per il momento Max si accontentò di sedersi e di godersi la compagnia di Zippy, Lumi e Drake, sapendo che la sua immaginazione era appena iniziata.

Questa espansione dà più vita, dettagli ed energia dinamica alle creature create da Max, rendendole parte integrante delle sue avventure in giardino. Vorrebbe aggiungere altre creature o sviluppare ulteriormente qualche personaggio?

Capitolo 4 - La prima avventura.

Il naso teso di Zippy si muoveva praticamente per l'eccitazione mentre girava in tondo intorno a Max. "Forza! Facciamo qualcosa di grande!", esortò, con la voce piena di energia. "Qualcosa di eccitante! Qualcosa di audace!".

Cominciò a disegnare sul suo blocco, creando un sentiero tortuoso che portava a un castello torreggiante e incastonato su un nulla. Le guglie del castello scomparivano nella nebbia e le montagne frastagliate incorniciavano la scena, con le loro cime che quasi toccavano il cielo.

La matita di Max ha aggiunto tunnel segreti nascosti sotto il castello, che si snodano nella terra come un labirinto. All'interno del castello c'erano tesori, gemme scintillanti e antichi manufatti, ma per raggiungerli bisognava risolvere intricati enigmi e superare in astuzia abili trappole.

Più Max disegnava, più l'immagine diventava vivida. Immaginava armature incantate a guardia dei corridoi del castello, con gli occhi che brillavano di magia.

Aggiunse indovinelli scritti in strane lingue sulle pareti, indizi nascosti sparsi per i corridoi e porte incantate che potevano essere aperte solo da chi ne conosceva i segreti.

Non appena Max ebbe finito, il familiare tremore scosse il terreno. Quando alzò lo sguardo, il castello si ergeva in lontananza, proprio come lo aveva disegnato: maestoso, misterioso e in attesa di essere esplorato. "Wow", sussurrò Max, provando un misto di orgoglio e anticipazione. Il suo giardino, un tempo sereno e tranquillo, aveva ora una nuova aggiunta, un'avventura che lo aspettava.

Zippy era già a metà della salita, saltellando eccitato verso il castello.

"Corri lì!", chiamò sopra le sue spalle. Lumi svolazzò accanto a Max, con le sue ali che ronzavano dolcemente, mentre Drake gli si affiancò, con le sue scaglie di smeraldo che scintillavano alla luce del sole.

Zippy sfrecciò davanti a noi, facendo risuonare la sua voce nella vasta sala. "Questo posto è

ENORME! Scommetto che c'è un tesoro in ogni stanza!".

Max entrò, provando un senso di meraviglia misto a eccitazione. Il castello era diverso dal giardino: aveva un peso, un senso di mistero che faceva sembrare ogni ombra viva e possibile. Lumi si librava vicino a Max, con la sua luce soffusa che illuminava gli angoli bui del corridoio, mentre Drake annusava l'aria con cautela, facendo ondeggiare la coda dietro di sé.

Man mano che si addentravano nel castello, il corridoio si divideva in tre direzioni diverse. Ogni sentiero sembrava chiamarli, promettendo avventura ma anche pericolo. Un corridoio era fiancheggiato da statue di pietra, ognuna delle quali era congelata a metà del movimento, come se fosse stata catturata nel tempo.

Un altro sentiero aveva dei deboli simboli luminosi sulle pareti, che pulsavano di una luce morbida e magica. L'ultimo sentiero conduceva verso il basso, con i suoi gradini a spirale.

nell'oscurità. Max fece una pausa, pensando. "Questo deve essere

Il mondo della mia immaginazione.

uno degli enigmi", mormorò, toccandosi il mento. La sua mente correva. Come si sono collegati i percorsi? Quale delle due conduce al tesoro? E quali potrebbero condurli in una trappola?

Zippy saltellava impaziente. "Dovremmo sceglierne uno! Possiamo sempre tornare indietro se la strada è sbagliata, no?". Max considerò le parole di Zippy, ma qualcosa gli diceva che il castello non avrebbe reso le cose così facili.

Si avvicinò alle statue di pietra, ispezionandole da vicino. Ogni statua reggeva un oggetto - una spada, uno scudo, una chiave - e i loro volti erano tutti rivolti verso i simboli luminosi del secondo corridoio. "Queste statue stanno cercando di dirci qualcosa", mormorò Max. Tracciò la linea di vista dalle statue verso i simboli sulle pareti. All'improvviso, è scattato il colpo di fulmine. "Credo che dovremmo seguire i simboli".

Lumi emise un tenue cinguettio, volando verso il corridoio di rune incandescenti. I simboli pulsavano più intensamente man mano che si avvicinavano, illuminando la strada da percorrere. Max provò un'ondata di fiducia: erano sulla strada giusta.

Max, Zippy, Lumi e Drake tornarono in giardino con la pietra incandescente in mano. Quando uscirono, il sole splendeva luminoso e il giardino sembrava più vivo che mai.

Max tenne la pietra in mano, rendendosi conto del suo vero potere: poteva rimodellare il mondo della sua immaginazione, espandendolo, cambiandolo, rendendolo qualsiasi cosa volesse.

E così, con un sorriso, Max guardò il suo giardino e il castello in lontananza, sapendo che quello era solo l'inizio di molte altre avventure a venire.

Capitolo 5 - Un sogno oltre il giardino.

Seduto sul bordo dello stagno scintillante, guardava nell'acqua dove i pesci argentati si libravano, lasciandosi andare pigramente appena sopra la superficie. L'avventura nel castello era stata emozionante, ma ora che era finita, qualcosa dentro di lui si sentiva inquieto. Il giardino, per quanto sorprendente, sembrava chiedere di più.

Zippy sfrecciava per il giardino, con la sua solita energia, mentre Lumi svolazzava in alto, con le sue ali iridescenti che proiettavano tenui bagliori di luce sul terreno.

Drake era rannicchiato vicino all'albero, ammirando la sua collezione di tesori luccicanti. Tutto sembrava perfetto, ma Max sentiva che mancava qualcosa, qualcosa che non era ancora stato creato.

Tirò fuori il suo blocco da disegno e fissò la pagina bianca. Per la prima volta, Max non era sicuro di cosa disegnare. La sua mente era piena di idee - nuovi paesaggi, strane creature e altri castelli - ma nessuna di esse sembrava giusta.

Voleva creare qualcosa di più grande, che andasse oltre i limiti del giardino. La bacchetta di Max sfiorò la pagina, poi, con un impeto di ispirazione, iniziò a disegnare un orizzonte che si estendeva ben oltre i confini del giardino.

Disegnò fiumi tortuosi, scogliere imponenti e foreste profonde con alberi così alti da scomparire nelle nuvole. Immaginava terre lontane piene di nuove avventure, dove le regole della realtà si piegavano ancora di più.

Il mondo della mia immaginazione.

Fece una pausa, guardando la pagina. "Ma come ci arrivo?" Max si chiedeva ad alta voce.

All'improvviso, sentì un leggero strattone alla manica. Era Lumi, le cui ali brillavano dolcemente mentre si librava accanto a lui.

Cinguettò e indicò il cielo. Max seguì il suo sguardo e vide qualcosa che lo lasciò senza fiato: un portale scintillante, vorticoso di colori vibranti, era apparso nel cielo sopra il giardino.

Il portale non era come nessun altro mai visto. Pulsava di energia, una miscela vorticosa di blu, viola e oro, i cui bordi brillavano come se fossero fatti di luce liquida. Max si alzò in piedi, in preda a un'ondata di eccitazione e nervosismo.

Zippy si avvicinò di corsa, con gli occhi spalancati dallo stupore. "Che cos'è? È una porta verso un posto nuovo?" chiese, con la voce tremante per l'eccitazione.

Drake si staccò dal suo posto accanto all'albero, sgranchendosi le ali mentre si avvicinava. "Sembra... importante", brontolò, con voce lenta e pensierosa. "Forse conduce a un nuovo luogo. Da qualche parte oltre il giardino".

Il cuore di Max correva veloce. Potrebbe essere questo? La nuova avventura non è mai stata sognare? Un mondo al di là della sua immaginazione, in attesa di essere scoperto? Sentì un'attrazione, una chiamata, come se il portale lo invitasse ad attraversarlo e a vedere cosa c'era dall'altra parte.

Ma una domanda rimaneva nella sua mente: era stato lui a creare questo portale? O era qualcosa che sfuggiva al suo controllo?

Si avvicinò al portale con cautela, con il blocco da disegno infilato sotto il braccio. "Non ricordo di averla disegnata", mormorò Max, provando un misto di eccitazione e incertezza. "Ma se non l'ho immaginato, allora cos'è?".

Il portale brillò di nuovo e una brezza soffice attraversò il giardino, portando con sé un sussurro di voci lontane, antiche e piene di mistero. Max guardò i suoi amici, incerto sul da farsi.

Zippy stava già rimbalzando, pronto a tuffarsi a capofitto nell'ignoto. "Andiamo! Andiamo! Chi sa cosa c'è là fuori?", esortò, con gli occhi che brillavano di curiosità.

Drake, invece, sembrava più cauto. "Non sappiamo cosa ci aspetta. Potrebbe essere pericoloso".

Max si fermò sul bordo del portale, sentendo l'attrazione sempre più forte. Sapeva che questo era un punto di svolta, un'occasione per andare oltre il mondo che aveva creato, per esplorare qualcosa di ancora più grande. Ma è anche diverso dalle avventure precedenti. Tnis non si limitava a risolvere enigmi o a trovare tesori. Sembrava... reale.

Facendo un respiro profondo, Max prese la sua decisione. Si voltò verso i suoi amici, con la determinazione negli occhi. "Andiamo", disse Ne. "Dobbiamo vedere cosa c'è oltre il giardino".

Con un cenno del capo, Lumi volò avanti, guidando la sua luce. Zippy le sfrecciò dietro, scomparendo tra i colori vorticosi della portale. Drake esitò per un attimo, poi lo seguì, spiegando le ali mentre attraversava la porta scintillante.

Capitolo 6 - Un mondo ripensato.

Quando Max attraversò il portale, il cuore gli martellò nel petto. I colori vorticosi lo circondarono e per un breve momento si sentì senza peso, come se stesse fluttuando tra i mondi. Poi, con uno slancio improvviso, atterrò su un terreno solido.

Il mondo in cui si trovava era diverso da qualsiasi cosa avesse mai immaginato. Non c'erano più le comodità familiari del suo giardino. Al loro posto c'era un paesaggio di una bellezza mozzafiato e di una strana meraviglia aliena. La bocca di Max si aprì per lo stupore, mentre osservava l'ambiente circostante.

Sopra di lui, il cielo era una tela vorticosa di viola intenso e blu elettrico, striata da nastri di luce che si attorcigliavano e danzavano all'orizzonte. In lontananza si libravano enormi isole fluttuanti, le cui scogliere frastagliate pendevano sul vuoto sottostante, collegate da sottili ponti di cristallo scintillante.

Sotto i piedi di Max, il terreno era morbido e spugnoso, come se camminasse su un tappeto di nuvole, e ogni passo che faceva lasciava dietro di sé un debole bagliore che si affievoliva man mano che avanzava. "Dove siamo?" Max sussurrò, con voce piena di stupore e incredulità. Questo era al di là di qualsiasi cosa avesse disegnato o immaginato: era come se i suoi sogni avessero preso vita senza il suo controllo.

Zippy si è spinto in avanti, con un'eccitazione palpabile. "Whoa! Guardate là!" gridò, indicando un albero che cresceva a testa in giù, con le radici protese verso il cielo e i rami che si immergevano nel terreno. Le sue foglie luccicavano come il vetro e dalle radici pendevano strani frutti che brillavano di una luce interiore.

Il potere era sia un dono che una responsabilità. Qualsiasi cosa immaginasse poteva prendere vita, ma poteva anche andare fuori controllo se non stava attento.

Max si voltò verso i suoi amici, che lo guardavano con occhi curiosi. "Dobbiamo stare attenti", disse a bassa voce. "Questo mondo non è come un giardino. È diverso, è vivo. Possiamo snervarlo, ma non lo controlliamo".

Zippy, sempre desideroso di avventure, sorrise. "Beh, questo rende più eccitante, vero? Chi sa cosa troveremo dopo?".

Max sorrise, ma le parole della figura rimasero nella sua mente. Mentre proseguiva verso la città galleggiante in lontananza, non riusciva a trattenere la sensazione che questo mondo avesse altri segreti, segreti che avrebbero potuto mettere alla prova la sua immaginazione in modi che non aveva ancora considerato.

Capitolo 7 - Le luci della città galleggiante.

Si fermò sul bordo del lago d'argento, fissando con stupore la città luminosa sospesa nel cielo. Sembrava uscita da un sogno, una metropoli scintillante costruita interamente di luce e cristallo, che fluttuava senza sforzo al di sopra del suolo.

Le torri scintillavano come stelle, le loro forme si contorcevano e ruotavano sfidando la gravità. Ponti di pura energia collegavano gli edifici e, sotto di essi, fiumi di luce incandescente scorrevano nell'aria.

Drake, invece, era più esitante. I suoi grandi occhi rettiliani scrutarono l'orizzonte con attenzione. "Come facciamo ad arrivare fin lassù?", chiese con la sua voce profonda e piena di toni. "Quella città non è solo galleggiante, è sorvegliata".

Seguendo lo sguardo di Drake, notò per la prima volta cosa c'era sotto la città. Intorno al lago, come sentinelle silenziose, si ergevano imponenti pilastri di pietra, ognuno dei quali era scolpito con simboli intricati e brillava debolmente.

Alla base di ogni pilastro si trovava una figura massiccia e corazzata, i guardiani, i cui occhi brillavano della stessa energia che alimentava la città sovrastante. Lumi, con le sue ali che svolazzavano dolcemente, volava in un lento cerchio sopra di loro, la sua luce proiettava ombre delicate sul terreno. "Forsetney ci stanno osservando", disse Sne con una voce che era appena un sussurro.

"Dobbiamo trovare un modo per superarli".

Zippy saltò accanto a lui, con gli occhi spalancati dalla curiosità. "Forse quella cosa può aiutarci a salire. Hai detto che questo mondo risponde all'immaginazione, giusto?".

Max annuì lentamente, sentendo il peso della sfera nel suo palmo. "Sì, ma devo capire come usarlo".

Si voltò verso il guardiano più vicino, una figura massiccia alta almeno sei metri, con il corpo racchiuso in un'armatura cristallina. I suoi occhi brillavano della stessa luce della città e Max poteva sentire il suo potere irradiarsi verso l'esterno. Fece un passo avanti con cautela, con la sfera stretta in mano.

"Pensi che attaccherà?" Chiese Drake, con la coda che si agitava nervosamente dietro di lui. Si tenne pronto, con i muscoli tesi, pronto a difendere Max e i loro amici.

Max fece un respiro profondo e si concentrò sulla sfera. Immaginava la città sopra di sé, immaginava i ponti di luce che collegavano gli edifici, i fiumi di energia che scorrevano nel cielo. Nel farlo, sentì la sfera scaldarsi nella sua mano, intensificando il suo bagliore.

All'improvviso, gli occhi del guardiano lampeggiarono e per un attimo Max pensò che potesse muoversi verso di loro. Invece si inginocchiò lentamente, abbassando a terra la sua struttura massiccia. Gli altri guardiani, come se rispondessero a un segnale invisibile, fecero lo stesso, creando un percorso tra i pilastri che portava direttamente al russare del lago.

Max emise un respiro che non si era accorto di aver trattenuto. "Esso ha funzionato", ha detto, con voce piena di sorpresa e di sollievo.

La sfera gli aveva permesso di comunicare con i guardiani, ma lui non era sicuro né ora né perché.

Il mondo della mia immaginazione.

"È stato incredibile!" esclamò Zippy, che già sfrecciava in avanti.

lungo il percorso. "Andiamo, prima che i reni cambino idea!".

Max e gli altri lo seguirono, dirigendosi con cautela verso il bordo del lago. Mentre si avvicinavano, la superficie dell'acqua cominciò a incresparsi e le creature luminose che nuotavano sotto di essa si separarono per far loro strada.

E poi, come in risposta al loro arrivo, cominciò a formarsi uno stretto ponte di luce che si estendeva dalla riva verso la città galleggiante.

Capitolo 8 - Il labirinto della riflessione

Quando Max e i suoi amici si sono addentrati nella città galleggiante, si sono trovati di fronte a un'enorme struttura, un intricato labirinto a spirale fatto interamente di luce e specchi mutevoli.

Le pareti scintillavano e si muovevano, riflettendo non solo la città incandescente intorno a loro, ma anche strane immagini astratte che sembravano provenire dal profondo dell'immaginazione di Max.

L'ingresso del labirinto era sorvegliato da un paio di imponenti statue cristalline, ognuna delle quali reggeva un bastone scintillante che pulsava di energia. I loro occhi brillavano debolmente come se osservassero ogni mossa di Max. Sopra l'ingresso, un'iscrizione è stata scolpita nella parete scintillante:

"Il cammino che ci attende è di riflessione. Per trovare la strada, bisogna confrontarsi con quello che c'è dentro".

Max fissò l'iscrizione con il cuore che batteva all'impazzata. Aveva già affrontato sfide in passato - enigmi, strane creature e persino una città galleggiante - ma questa sembrava diversa. C'era qualcosa di profondamente personale in questa sfida, qualcosa che tirava gli angoli della sua mente.

I primi passi nel labirinto sono stati disorientanti. Le pareti a specchio riflettevano non solo Max e i suoi amici, ma anche strane versioni distorte di loro stessi.

Ogni volta che Max si guardava allo specchio, vedeva qualcosa di diverso: un momento era un bambino, l'attimo dopo era molto più vecchio, con il viso rigato da anni di esperienze non ancora vissute.

"Cos'è questo posto?" Max sussurrò, sentendo un nodo allo stomaco. Era come se il labirinto gli mostrasse scorci di possibilità, futuri che non si erano ancora aperti, sentieri che non erano ancora stati percorsi.

Man mano che si addentravano nel labirinto, le riflessioni diventavano più intense, più personali. Max rivide momenti del suo passato, quando si era sentito piccolo, impotente e spaventato.

Si vedeva in difficoltà a stare al passo con le aspettative degli altri, con la sensazione che la sua immaginazione non fosse altro che una fuga infantile. Ha visto momenti di fallimento, di dubbio e di paura che le sue creazioni non fossero abbastanza buone.

"Perché ci mostra questo?". Max mormorò, sentendo il peso delle riflessioni che lo opprimevano. "Perché siamo costretti a guardare le nostre peggiori paure?".

il sentiero davanti a noi si aprì, rivelando l'uscita del labirinto.

Max si voltò verso i suoi amici, con un sorriso che gli si aprì sul viso. "Ce l'abbiamo fatta", disse, sentendosi più leggero di quanto non fosse da ore. "Ce l'abbiamo fatta".

Zippy sorrise, ritrovando la sua solita energia. "È stato intenso! Ma siamo fuori!"

Drake annuì solennemente. "Abbiamo affrontato le nostre paure. Ora, vediamo

cos'altro ci riserva questa città".

Quando uscirono dal labirinto, Max provò un senso di realizzazione, ma anche una più profonda comprensione di se stesso.

Il labirinto ha dimostrato che l'immaginazione non serve solo a creare mondi, ma anche ad affrontare le parti di sé con cui aveva avuto paura di confrontarsi. E ora, in piedi nella luce della città galleggiante, sapeva di essere pronto per qualsiasi cosa dovesse accadere.

Capitolo 9 - Il Consiglio dei Dreamweaver.

Max e i suoi amici si trovavano nel cuore della città incandescente e guardavano la grande sala che si stagliava davanti a loro. Era diverso da qualsiasi edificio che Max avesse mai immaginato: una vasta struttura a cupola fatta di cristallo trasparente e fasci di luce pura.

La cupola pulsava con un ritmo, come se fosse viva, respirando la stessa energia che scorreva nella città stessa. All'interno, il grande salone era ancora più mozzafiato.

Il soffitto svettava sopra di loro, la sua superficie era un caleidoscopio di colori vorticosi che danzavano e si spostavano a tempo con il pulsare della città. Le pareti erano fiancheggiate da scaffali pieni di sfere luminose, ognuna delle quali fluttuava delicatamente al suo posto, proiettando una luce morbida e calda. Al centro della sala, una piattaforma circolare si librava a mezz'aria, sospesa da forze invisibili.

Su quella piattaforma sedeva il **Consiglio dei Dreamweaver**, gli antichi esseri che governavano la città galleggiante. Ce n'erano sette, ognuna delle quali irradiava una tonalità diversa: una di un blu intenso, un'altra di una luce dorata, un'altra ancora di un verde smeraldo e così via.

Le loro forme erano vaghe e mutevoli, come nuvole fatte di luce, ma la loro presenza era innegabile. Erano i guardiani di immaginazione, gli architetti dei sogni e i custodi di tutto ciò che è stato creato in questo mondo.

Uno dei Dreamweaver, quello che brillava di un blu intenso, parlò per primo. La sua voce risuonò nella mente di Max, morbida ma potente. "Max, sognatore, sei arrivato lontano. Avete affrontato prove di immaginazione e di riflessione e ora siete davanti a noi. Capisci perché sei qui?".

Max esitò, con la sfera incandescente ancora calda in mano. Aveva pensato che il viaggio servisse a scoprire i limiti della sua immaginazione, ma ora non ne era più così sicuro. "I... Credo che si tratti di imparare ora a creare, ora a usare la mia immaginazione. Ma c'è dell'altro, non è vero?".

Il Dreamweaver color smeraldo si chinò leggermente in avanti, la sua luce si increspava come l'acqua. "Infatti. L'immaginazione non è solo uno strumento di creazione. È una forza di equilibrio, un potere che deve essere compreso, alimentato e gestito con cura. Hai il dono della creazione, Max, ma da questo dono derivano le responsabilità".

Max lanciò un'occhiata ai suoi amici, sentendo un nodo di incertezza stringersi nel petto. "Che tipo di responsabilità?"

Il Dreamweaver d'oro parlò poi, con voce piena di calore e saggezza. "Ogni sogno, ogni creazione, ha un impatto. Alcune sono piccole e fugaci, ma altre possono rimodellare i mondi.

Avete visto il potere della vostra immaginazione, come dà vita alle cose, come crea mondi. Ma l'immaginazione può anche distruggere. Può disfare il tessuto stesso della realtà se non è guidato dalla comprensione e dalla cura".

Gli occhi di Max si spalancarono quando il peso delle loro parole si fece sentire. La sua mente tornò al giardino che aveva creato, alla città galleggiante e al labirinto. Ognuno di questi luoghi aveva risposto ai suoi pensieri, ma non aveva mai considerato le conseguenze delle sue creazioni.

Il mondo della mia immaginazione.

E se qualcosa che aveva immaginato fosse andato storto? E se la sua immaginazione avesse creato qualcosa di pericoloso? Il Dreamweaver di luce viola, che fino a quel momento era rimasto in silenzio, alzò una mano e in un attimo l'aria intorno a loro scintillò.

Improvvisamente, le immagini delle creazioni passate di Max apparvero davanti a loro: il giardino, le creature che aveva immaginato, i puzzle e i percorsi che lo avevano messo alla prova.

Ma poi le immagini si sono spostate, distorcendosi in versioni più scure e contorte di se stesse. Il giardino appassì, i suoi fiori si trasformarono in cenere. Le creature che aveva creato divennero mostruose, i loro volti un tempo amichevoli ora si contorcevano di malizia.

Max fece un passo indietro, con i nervi a fior di pelle. "Non volevo..."

La voce del Dreamweaver era calma ma ferma. "Non sei stato tu a creare queste cose, Max. Ma questo è il potenziale dell'immaginazione non controllata. Per ogni sogno che porta bellezza, c'è un incubo che porta caos. Dovete imparare a bilanciare le due cose".

Capitolo 10 - Il filo della creazione

Quando le immagini agghiaccianti svanirono, Max rimase al centro della grande sala, alle prese con il significato delle parole dei Dreamweaver. I colori che turbinavano nella cupola sovrastante sembravano pulsare in sincronia con il suo cuore che batteva forte.

Poteva ancora sentire gli echi di quelle riflessioni oscure che indugiavano nella sua mente, a ricordare il fragile equilibrio che ora capiva di dover mantenere. Il Dreamweaver di colore blu profondo parlò di nuovo, la sua voce si intrecciò nell'aria come una brezza leggera.

"Creare è tessere il tessuto della realtà, Max. Ogni pensiero che si evoca è un filo conduttore. Alcuni fili sono vibranti e pieni di vita, mentre altri possono disfare ciò che è intero. Dovete imparare a scegliere con saggezza quali fili tirare". Max fece un respiro profondo, con lo sguardo che si muoveva tra i Dreamweaver. "Ma come? Come posso sapere quali fili utilizzare? E se faccio un errore?".

Il Dreamweaver d'oro fece un passo avanti, la sua luce si illuminò, proiettando un caldo bagliore in tutta la sala. "Gli errori fanno parte del viaggio. Ogni creatore impara attraverso prove ed errori.

L'importante è ascoltare il proprio cuore, i propri amici e il mondo che ci circonda. Ogni creazione che fate è un riflesso di il vostro vero io. Conoscere le proprie intenzioni significa conoscere il proprio potere". Max provò un guizzo di speranza.

Il mondo della mia immaginazione.

Forse questa era una lezione che poteva imparare e che si estendeva oltre i confini della città fluttuante e alla sua vita quotidiana. "Quindi, si tratta di capire che cosa voglio veramente creare?".

Con un gesto della mano, il Dreamweaver evocò un filo scintillante che scese dal soffitto. Scintillava come la luce delle stelle, serpeggiando nell'aria. Il filo brillava di una moltitudine di colori, ognuno dei quali rifletteva un aspetto diverso della creazione: speranza, gioia, paura e persino dolore.

"Ogni colore rappresenta un'emozione diversa, un aspetto diverso della vostra immaginazione", ha spiegato il Dreamweaver. "Quando si crea, si attinge a questi fili. Le scelte che fate daranno forma non solo alle vostre creazioni, ma anche al mondo che vi circonda".

"Avete il potere di creare bellezza, ma dovete anche riconoscere i fili più oscuri che sono in voi", ha aggiunto dolcemente il Dreamweaver viola. "Questo fa parte del vostro viaggio. Abbracciate sia la luce che l'ombra per trovare il vero equilibrio".

Max annuì, assorbendo le loro parole. "Quindi, per creare qualcosa di significativo, devo prima capire me stesso?".

"Esattamente", disse il Dreamweaver blu. "E mentre intrecciate i vostri fili, inizierete a vedere emergere degli schemi, delle storie che riflettono il vostro mondo interiore. Ma ricorda, Max, che ogni filo che intrecci influisce anche su chi ti sta intorno. La creazione è un'esperienza condivisa".

Con quelle parole che riecheggiavano nella sua mente, Max si voltò verso Zippy e Drake, che lo stavano osservando con attenzione. I loro volti erano pieni di un misto di curiosità e preoccupazione. "Cosa ne pensate? Siamo pronti per questo?".

Capitolo 11 - La valle dei sogni dimenticati.

Mette piede su un sentiero fiancheggiato dalla nebbia, un sentiero che conduce a una valle nascosta nel profondo della sua immaginazione, un luogo che non ha mai osato esplorare prima. Questa è la Valle dei Sogni Dimenticati, dove le idee semideformate e i ricordi quasi perduti vanno alla deriva, in attesa di essere riscoperti.

L'aria è densa del profumo di qualcosa di familiare, quasi nostalgico, come il lieve odore della cucina della nonna o il suono della sua ninna nanna preferita.

Mentre cammina, la nebbia si dirada quel tanto che basta per rivelare gli oggetti sparsi sul fondo della valle: un aquilone rotto che un tempo volava, il disegno di un drago che non ha mai finito, un piccolo robot impolverato con un occhio che batte e innumerevoli frammenti di sogni che non sono mai stati abbandonati. Ogni oggetto sembra pulsare dolcemente, come se aspettasse che lui gli ridesse vita.

Incuriosito, allunga la mano e prende un vecchio piano di legno, dipinto con vivaci colori rossi e blu. Mentre lo fa girare, ricorda il giorno in cui aveva immaginato di farlo girare così velocemente da poter perforare la terra e scoprire tesori nascosti al di sotto. Immediatamente la cima inizia a brillare e intorno a lui la valle si anima di colori.

La cima lo conduce a una collina dove giacciono storie dimenticate, storie che un tempo aveva raccontato a se stesso ma che non aveva mai completato. "Perché ho lasciato queste cose lì?", si chiede ad alta voce. Ogni storia gli sussurra la sua risposta, gentile e indulgente, ricordandogli che stavano solo aspettando il suo ritorno.

Lentamente, inizia a far rivivere ogni sogno. L'aquilone si solleva in aria, le ali del drago si spalancano mentre si prepara a volare, e il robot si alza in piedi, ammiccando con gratitudine verso di lui.

Mentre riporta in vita ogni pezzo dimenticato, si rende conto che ogni idea mai avuta, ogni sogno mai sognato, fa parte di nim. Aspettano tutti, pazienti e fiduciosi, il momento in cui sono pronti a farli nascere.

All'improvviso, nota un fiume ai margini della valle. Scintilla sotto un cielo di luna e, avvicinandosi, vede riflessi di persone e luoghi che aveva immaginato ma che non aveva mai conosciuto del tutto.

C'è un cavaliere imponente dal sorriso gentile che un tempo aveva custodito il suo regno immaginario, un vecchio gufo saggio che parlava per indovinelli e persino una giovane e curiosa sirena che aveva sognato un giorno d'estate. Lo salutano, con gli occhi pieni di riconoscimento, felici di essere ricordati.

Immerge le dita nell'acqua fresca e osserva le increspature che trasformano le immagini, lasciando intendere che la sua immaginazione è vasta, mutevole e piena di infinite possibilità. La valle, si rende conto, non è un luogo di perdita, ma di attesa: un luogo in cui ogni sogno e ogni idea che abbia mai avuto è pronto per essere riscoperto e portato in vita quando non è pronto.

Quando lascia la Valle dei Sogni Dimenticati, porta con sé un profondo senso di determinazione, sapendo che nulla di ciò che immagina è mai perduto. Ogni sogno dimenticato, ogni storia incompiuta, sta semplicemente aspettando, con pazienza, che lui torni a dargli vita ancora una volta.

Capitolo 12 - La città dei luoghi impossibili.

Dopo aver lasciato la Valle dei Sogni Dimenticati, si ritrova su un sentiero scintillante che conduce a una vasta città mai vista prima. La città sembra sorgere dai suoi pensieri, formando torri e archi, ogni struttura costruita da idee impossibili e immaginazioni selvagge che ne aveva solo brevemente considerato prima.

Questa è la Città dei Luoghi Impossibili, dove tutto ciò che ha sempre pensato non potesse esistere non solo è reale, ma è anche in movimento. Quando si entra in città, si viene accolti da edifici che fluttuano a mezz'aria, da scale che salgono a spirale verso le nuvole e da ponti che si intrecciano come nastri nel cielo.

Colori mai visti prima - tonalità vivaci di turchese, ambra e indaco - sembrano colare dai bordi di ogni edificio, riversandosi come luce liquida sulle strade sottostanti. Le strade sono pavimentate con piastrelle che rispecchiano le sue emozioni, brillando di un caldo arancione quando si sente eccitato e sfumando in un tenue blu quando si sente calmo.

Le strade si animano di creature strane e accoglienti, alcune familiari, altre del tutto nuove. Vede giraffe con colli fatti di viti attorcigliate, che si allungano verso alberi fluttuanti, e volpi giocose con code che tremolano come fiamme di candele.

Ci sono giganti gentili con la pelle di pietra che gli sorridono, e piccole fate che sfrecciano lasciando scie di polvere scintillante. Ogni creatura sembra rappresentare un pezzo dell'immaginazione di Nis a cui è stato permesso di scatenarsi, libero dai limiti di ciò che lui pensa sia "possibile".

Nel centro della città, trova un mercato pieno di oggetti insoliti, che ha solo sognato. C'è una bancarella dove si vede la luce delle stelle in bottiglia, che brilla dolcemente in barattoli di vetro, e un venditore di vernice invisibile che si vede solo quando si chiudono gli occhi.

Nota una cabina in cui i libri sembrano scriversi da soli mentre si pensa ad essi, registrando storie direttamente dalla mente. Incuriosito, Ne si ferma a una bancarella che vende "Nebbie della memoria", piccole nuvole colorate che, se inalate, riportano alla mente ricordi dimenticati con perfetta chiarezza.

Raccoglie una nebbia rosa e oro e, inspirandola, viene trasportato nel ricordo di un'accogliente notte d'inverno trascorsa accanto al fuoco, ascoltando i genitori leggere storie ad alta voce. Il ricordo lo riempie di calore e lo guarda mentre si alza e si posa nell'aria, diventando una dolce stella che si libra sopra la città.

Continuando l'esplorazione, scopre una grande torre conosciuta come la Sala delle Meraviglie. All'interno, le pareti sono ricoperte di specchi, ognuno dei quali riflette una versione diversa di lui: uno come esploratore coraggioso, un altro come vecchio e saggio narratore e un altro ancora come mago che evoca incantesimi con un colpo di mano.

Ogni riflessione gli mostra un lato diverso di sé, che potrebbe esistere se decidesse di perseguire quel percorso. Si rende conto che la città non rappresenta solo la sua immaginazione, ma tutte le possibilità di chi può diventare.

Prima di andarsene, sale in cima a una scala d'argento che porta a una piattaforma sopra la città. Da qui può vedere ogni angolo della Città dei Luoghi Impossibili, che brilla come un arazzo di sogni sotto il sole del tramonto.

La vista lo riempie di un senso di meraviglia ed eccitazione, ricordandogli che tutto ciò che sogna, per quanto selvaggio, può un giorno diventare parte del suo mondo. Quando lascia la Città dei Luoghi Impossibili, prova una nuova fiducia, una profonda comprensione del fatto che non c'è limite a ciò che può immaginare e che in questo mondo nulla è veramente impossibile.

Capitolo 13 - Il fiume delle domande infinite.

Dopo le strade piene di meraviglie della Città dei Luoghi Impossibili, si ritrova attratto da un suono lontano, un mormorio sommesso che sale e scende come un segreto sussurrato. Seguendo il suono, arriva alle rive del Fiume delle Domande.

Questo fiume non è come tutti gli altri e, incuriosito, si inginocchia sulla riva del fiume e immerge la mano nell'acqua fresca. Non appena le sue dita toccano la superficie, un turbine di luci scintillanti sorge dalle profondità, formando la forma di un punto interrogativo incandescente che si libra davanti a lui, pulsando delicatamente.

Fa una domanda: "Che cos'è il coraggio?". Il punto interrogativo brilla, poi si dissolve nell'aria e lui sente una voce, una risposta calma e gentile che proviene dal fiume stesso: "Il coraggio è andare avanti anche quando si ha paura".

un fiume normale; è ampio e fermo, con una superficie vitrea che riflette un cielo stellato, anche se è ancora giorno. Ne sentiva la profondità, come se ogni goccia d'acqua racchiudesse un mistero in attesa di essere svelato.

Guardando più da vicino, vede che il fiume è vivo di domande: ogni increspatura, ogni dolce onda, sembra ronzare di curiosità. Alcune domande sono piccole e semplici, come "Perché il cielo è blu?" o "Perché il cielo è blu?".

"Che cosa fa un arcobaleno?". Altri sono più profondi e difficili da afferrare, come "Che cosa rende una persona veramente coraggiosa?" o "Da dove vengono i sogni?".

Si rende conto che questo è un luogo in cui tutte le domande che si è posto, o che ha pensato di porsi, confluiscono in una corrente infinita. Incoraggiato, si inoltra nel fiume, circondato da domande che brillano e galleggiano intorno a lui.

Ognuno di essi sembra invitarlo a esplorare l'ignoto, a chiedersi e a cercare senza bisogno di risposte immediate. Improvvisamente, accanto a lui appare un punto interrogativo più grande, più brillante degli altri. Ne sente il peso e si rende conto che è una delle sue domande più grandi e persistenti: "Cosa sono destinato a diventare?".

Mentre lo chiede, il fiume si agita, formando un vortice intorno a lui. L'acqua lo solleva dolcemente, trasportandolo in un delicato percorso circolare. Osservò pazientemente le immagini di possibili futuri che gli si paravano davanti, ognuna delle quali rappresentava un assaggio di ciò che avrebbe potuto essere: un viaggiatore, alla scoperta di terre lontane; uno scienziato, che esplorava i misteri dell'universo; un artista, che catturava la bellezza e la verità con ogni pennellata.

Si rende conto che ogni possibilità è solo un percorso, una risposta tra le tante, e che non ha bisogno di conoscere tutte le risposte ora. Quando il fiume lo fa finalmente scendere, sente una strana pace.

Capisce che alcune domande sono fatte per essere vissute piuttosto che per avere una risposta immediata. Mentre si trova sulla riva del fiume, nota una piccola bottiglia scintillante che galleggia verso di lui. La raccoglie e nota che contiene un unico punto interrogativo luminoso. Una targhetta su

La bottiglia recita: "Per quando hai bisogno di ricordare di continuare a stupirti".

Stringendo la bottiglia, lascia il Fiume delle Domande sentendosi più leggero, ispirato a continuare a chiedere, esplorare e abbracciare l'ignoto. Sa che la sua immaginazione avrà sempre infinite domande, ognuna delle quali lo condurrà a nuove scoperte su se stesso e sul mondo che lo circonda.

Capitolo 14 - Il giardino delle idee in crescita.

Lasciandosi alle spalle il Fiume delle Domande, segue un sentiero stretto e tortuoso che conduce a una radura isolata. Qui si imbatte in un giardino diverso da tutti quelli che ha mai visto, un luogo magico conosciuto come il Giardino delle Idee Crescenti.

Questo giardino è vivo con l'energia tranquilla e costante delle cose che mettono radici, germogliano e si protendono verso il cielo. Ogni passo che fa sprigiona il profumo della terra fresca e dei fiori che sbocciano, riempiendolo di un senso di creatività e possibilità.

Il giardino è un intricato miscuglio di fiori selvatici, alberi strani e rampicanti che si attorcigliano e si snodano intorno ad ogni altro in bellissimi cnaos. Ma la cosa più sorprendente è che, invece di piante normali, qui crescono idee, ognuna con una forma e un colore unici, che spuntano come fiori e frutti da rami, viti e steli.

Mentre cammina per il giardino, vede piccoli alberelli con foglie luminose che sembrano pulsare con il loro potenziale. Una di esse attira la sua attenzione: una piccola e delicata pianta con foglie verde brillante e un unico fiore in boccio di una tonalità di blu radioso.

Incuriosito, allunga la mano per toccarla e sente subito la scintilla.

di un'idea per una storia, una che avevo avuto qualche settimana fa ma non ancoraesplorato. La pianta risponde al suo tocco, dispiegando i petali, come se fosse desiderosa di crescere sotto le sue cure.

Si addentra nel giardino, scoprendo altre piante che conservano i ricordi di invenzioni che un tempo aveva sognato, di disegni che intendeva abbozzare e di canzoni che aveva sentito solo nella sua mente.

Ogni pianta è piena di energia, in attesa del momento in cui prenderà vita fuori dal giardino. Alcune idee sono alte e mature, come l'imponente sequoia al centro del giardino, che racchiude un'intera storia che sta immaginando da sempre.

Gli altri sono piccoli germogli, appena visibili, che rappresentano idee non ancora completamente formate. In un angolo del giardino, nota una pianta particolare con foglie argentate e delicati rampicanti che le si arricciano intorno. Non ha fiori, ma solo piccoli boccioli che brillano come avvolti da una sottile nebbia. Sente che in questi germogli ci sono idee non ancora scoperte, semi che aspettano di germogliare in futuro.

Tocca delicatamente uno dei boccioli, provando un'ondata di eccitazione quando una nuova idea gli balena nella mente, intravedendo qualcosa di meraviglioso che deve ancora creare. Proprio mentre sta per andarsene, trova una piccola macchia di terra secca ai margini del giardino, con piante appassite e foglie sbiadite.

Quando lascia il Giardino delle Idee Crescenti, sente il suo cuore traboccare di ispirazione. Si rende conto che ogni idea, indipendentemente dal momento in cui arriva, fa parte del vasto paesaggio della sua immaginazione.

Con un ultimo sguardo al giardino rigoglioso, promette a se stesso di coltivare ogni idea che mette radici dentro di sé, sapendo che ognuna ha il potenziale per sbocciare in qualcosa di bello e inaspettato.

Capitolo 15 - Un eroe viene accolto.

Quando lascia il Giardino delle Idee Crescenti, il sentiero si apre in un vasto campo illuminato dal sole. Con sua grande sorpresa, sente applausi e risate lontane, un suono che diventa più forte a ogni passo.

Davanti a lui, un grande arco fatto di rami e fiori intrecciati lo accoglie, e al di là di esso, vede una folla di tutti i personaggi, le creature e gli amici che ha incontrato durante il suo viaggio nel mondo della sua immaginazione.

I Tney sono riuniti in cerchio, in trepidante attesa del suo arrivo. Il vecchio leone saggio con gli occhiali siede con orgoglio accanto al gigante gentile della Città dei Luoghi Impossibili, mentre l'uccello dalle ali di carta della Valle dei Sogni Dimenticati vola in alto, proiettando sull'erba ombre a forma di stelle. Ogni personaggio, grande o piccolo che sia, sembra felicissimo di vederlo, con i volti raggianti di orgoglio.

Quando fa un passo avanti, la folla scoppia in un applauso, le loro voci riempiono l'aria di gratitudine e ammirazione. Fanno il tifo per lui, riconoscendolo non solo come sognatore ma come creatore, colui che li ha fatti nascere.

È una celebrazione di ogni scoperta, di ogni idea coltivata e diffusa nel mondo. Si rende conto che, per loro, è un eroe: qualcuno che ha abbracciato l'ignoto, che ha chiesto di osare e che è stato in grado di fare la differenza.

e ha dato vita a sogni che altrimenti sarebbero rimasti nell'ombra.

Uno dopo l'altro, i suoi amici si avvicinano per ringraziarlo. Il nodello che un tempo non immaginava i serpenti, si stringe in una morsa salda e dice: "Mi hai dato il coraggio", mentre la sirena volteggia accanto a lui e aggiunge: "Mi hai riportato in vita con un semplice tocco". Il saggio gufo si trova nelle vicinanze e i suoi occhi scintillano mentre annuisce in segno di approvazione, come a dire che ha sempre saputo che il ragazzo era grande.

In quel momento, prova un profondo senso di appagamento. Questi amici e queste idee non sono più solo frammenti della sua immaginazione, ma sono parti del suo viaggio, intrecciate insieme per creare qualcosa di completo e significativo. Non solo ha visitato questo mondo, ma ne è diventato parte integrante, lasciando la sua impronta e ricevendo in cambio i suoi doni.

Quando la celebrazione volge al termine, una corona di foglie d'argento e gemme scintillanti viene posata delicatamente sul suo capo, simbolo del coraggio e della creatività di cui ha dato prova. I suoi amici si sono lamentati, chiamando Nim

"L'eroe dell'immaginazione", e si rende conto che nessun titolo potrebbe significare

più di questo.

Capitolo 16 - Un addio.

Con un ambiente pesante ma tranquillo, sa che è ora di tornare a casa. Gli amici che si sono fatti si stringono intorno a lui, ognuno dei quali porta un piccolo pegno, un ricordo dal loro mondo al suo. L'uccello dalle ali di carta gli lascia una piuma che brilla dolcemente, a ricordo di tutte le storie che deve ancora raccontare. Il saggio leone gli dona una piccola pietra liscia, con incisa la parola "coraggio", affinché possa portare con sé la sua forza ovunque vada.

Uno dopo l'altro si salutano, ognuno con dolcezza e gratitudine. Il ragazzo sente un dolore quando si rende conto che forse non li rivedrà più in questo modo, ma sa anche che saranno sempre parte di lui. Ogni lezione che ha imparato, ogni avventura che ha vissuto, vivrà nei suoi ricordi e nei mondi che deve ancora creare.

Mentre attraversa l'arco, si volta indietro per un ultimo sguardo agli amici che sta lasciando. Tney lo saluta sorridendo, come per assicurargli che questo addio è solo temporaneo. Tney lo aspetterà sempre, pronto ad accoglierlo ogni volta che tornerà nel mondo della sua immaginazione.

Con un respiro profondo, torna indietro lungo il sentiero, portando con sé la piuma, la pietra e tutti i ricordi del suo viaggio. Sa che anche nel mondo ordinario è cambiato, che è più coraggioso, più saggio e più creativo grazie agli amici che si è fatto e ai sogni che ha seguito.

E mentre torna alla luce del suo mondo, sorride, sapendo che la sua immaginazione sarà per sempre un luogo in cui tutto è possibile, un luogo in cui potrà tornare ogni volta che chiuderà gli occhi.

Informazioni sull'autore

Palak Chauhan

Palak Chauhan è un'aspirante scrittrice che sta perseguendo la sua carriera nel giornalismo e nella comunicazione di massa presso il Devi Prasad Goenka management college of media studies. Ha iniziato a scrivere alla tenera età di cinque anni e ha pubblicato i suoi libri: Mostra di poesie, Frammenti di vita, La forza in versi, Le avventure di Luna e la foresta incantata e Omicidio a Venezia.

www.ingramcontent.com/pod-product-compliance
Lightning Source LLC
LaVergne TN
LVHW041639070526
838199LV00052B/3450